Bananas,
de allí para acá

Lada Josefa Kratky

NATIONAL GEOGRAPHIC LEARNING | **CENGAGE Learning**

racimo

La banana es una fruta fabulosa. Es sana y rica. En la mata, la banana está en un **racimo**, con muchas otras bananas.

banano

La mata se llama un **banano**.
Cada banano tiene muchos
racimos. ¡Y hay muchos
bananos en un bananal!

La banana nace en el campo. Tiene que llegar del campo a la mesa, ¡y a la boca!

El racimo se lleva del campo
al mercado. A veces se lleva en
bici. No es fácil. Hay que ser
forzudo, porque los racimos son
muy pesados.

A veces, búfalos llevan
carretas llenas al mercado. Si
hay un río, las bananas van en
bote o en canoa.

A veces, las bananas van
en camión o por ferrocarril.
Si tienen que ir muy lejos, las
bananas van en barco.

De una forma u otra, la banana llega por fin a casa. Se usa en batidos, o se come así no más. ¡Es una fruta fabulosa! ¿Te gusta?